Nes ei Gael yn Euog

gan

Nigel Hinton

Addasiad Gwen Redvers Jones

ARDDEGAU
HIN

Argraffiad Cymraeg cyntaf 2012

Hawlfraint y testun: Nigel Hinton 2006 ©
Hawlfraint y testun Cymraeg: Gwen Redvers Jones 2012 ©

ISBN 978-1-78112-145-0

Teitl gwreiddiol: *Until Proven Guilty*

Cyhoeddwyd gyntaf ym Mhrydain yn 2006 gan Barrington Stoke Ltd.,
18 Walker Street, Edinburgh, EH3 7LP.

Mae Nigel Hinton wedi datgan ei hawl dan Ddeddf Hawlfraint,
Dyluniadau a Phatentau 1988 i gael ei gydnabod fel awdur y llyfr hwn.

Cyhoeddwyd yn Gymraeg ym Mhrydain yn 2012 gan Barrington Stoke Ltd.,
18 Walker Street, Edinburgh, EH3 7LP.

Noddwyd gan Lywodraeth Cymru.

Argraffwyd ym Mhrydain gan Bell a Bain Cyf, Glasgow.

Cynnwys

Pennod 1
Yr Alwad Ffôn

Dyna wahaniaeth mae diwrnod yn gallu'i wneud.

Mewn llai na phedair awr ar hugain roedd bywyd Nathan wedi'i chwalu'n ddarnau. Ac roedd popeth wedi dechrau mor dda gyda'r alwad ffôn oddi wrth Dad.

****

Canodd y ffôn yn ystod brecwast ac fe gyrhaeddodd Grace i'w ateb o flaen Nathan. Cododd e.

"Dadi!" meddai Grace. Roedd yn rhaid i Nathan wenu wrth weld ymateb ei chwaer fach. Roedd Dad yn gofyn cwestiynau iddi ac roedd hi'n nodio ac ysgwyd ei phen fel petai Dad yn gallu ei gweld hi. "Hwyl, Dadi," meddai o'r diwedd a rhoi'r ffôn i Nathan.

"Haia, Dad," meddai Nathan. Teimlai wên fawr hapus yn goleuo'i wyneb. "Sut mae'r Almaen?"

"Hei, fi 'nôl – newydd yrru oddi ar y fferi. Wedi gorffen dosbarthu'r nwyddau'n gyflym a meddwl cael cwpwl o oriau yn pysgota cyn mynd â'r lorri 'nôl i'r depo. Mae'n hanner tymor on'd yw hi?"

"Ydy," atebodd Nathan.

"Wel, dere â'r gwialenni pysgota ac fe gwrdda i â ti wrth y bont am dri."

"Cŵl."

Ar ôl brecwast aeth Grace i wylio cartwnau ar y teledu ac aeth Nathan ar-lein i chwarae *Soccer Manager* hyd nes bod Anti Jane yn cyrraedd. Doedd hi ddim yn fodryb go iawn iddyn nhw ond dyna beth oedd hi'n moyn iddyn nhw ei galw. Roedd hi'n byw i lawr yr heol a byddai'n dod draw am gwpwl o oriau bob dydd yn ystod y gwyliau. Roedd hi'n ofnadwy am hel straeon a doedd Nathan ddim yn ei hoffi.

Roedd e wedi dweud wrth Mam sawl gwaith y byddai'n well ganddo ofalu amdano'i hun. "Dwi'n gwybod bach," oedd ei hateb, "ond dim ond chwech ydy Grace a dwi'n teimlo'n hapusach os oes oedolyn yn cadw llygad arni. Heblaw hynny, mae'n help i Jane hefyd. Does ganddi neb yn gwmni, druan, ers i'w chwaer farw."

Cyn gynted ag y cyrhaeddodd Anti Jane, gwnaeth ei hun yn gartrefol yn yr ystafell ffrynt. Newidiodd sianel y teledu i ryw raglen sgwrsio a chyn hir roedd Grace wedi hen ddiflasu. Gofynnodd i Nathan chwarae gyda hi ac aethon nhw i fyny i'w hystafell wely. Cymrodd arno fod ganddo ddiddordeb tra oedd hi'n chwarae gyda'i doliau.

"Www, rhyfedd bod bachgen dy oed di'n hoffi chwarae 'da doliau," meddai Anti Jane pan ddaeth i fyny'r grisiau.

Chymrodd Nathan ddim sylw ohoni a rhedodd Grace i lawr y grisiau i wylio'r teledu unwaith eto.

"Glywest ti am y ddamwain 'na ar y draffordd ddoe?" gofynnodd Anti Jane. "Mae'n rhaid dy fod yn poeni am dy dad yn gyrru'r hen lorri 'na ar y traffyrdd prysur."

Edrychodd Nathan yn ddig arni a chododd i fynd i'w ystafell. Dilynodd Anti Jane ef ar hyd y coridor a safodd yn y drws yn hel straeon tra oedd e'n chwarae gemau ar ei gyfrifiadur. Roedd fel tôn gron, yn dweud pethau cas am bobl oedd yn byw i lawr yr heol. Trodd Nathan y sŵn mor uchel fel na allai glywed ei llais. O'r diwedd aeth i wylio rhaglen deledu arall.

Daeth Grace yn ôl i fyny'r grisiau a dweud ei bod yn llwgu.

"Beth ti'n moyn?" gofynnodd Nathan.

"Ffa pob ar dost."

Roedd Nathan yn hoffi coginio. Byddai'n dda ganddo petai ei chwaer fach yn gadael iddo wneud rhywbeth gwahanol ond roedd hi bob amser yn moyn ffa pob ar dost.

Roedden nhw ar fin gorffen bwyta pan ddaeth Anti Jane i mewn a dweud ei bod yn mynd adre.

"Ffa pob eto?" meddai, gan edrych ar eu platiau. "Dyna'r cwbwl rwyt ti'n gallu ei goginio?"

"Ta ta, Anti Jane," meddai Nathan, gan gerdded at y drws ffrynt gyda hi. "Diolch am ddod draw – "

Yna caeodd y drws o'i hôl ac ychwanegu, " – a'n diflasu!"

Daeth Mam yn ôl am 1.30 a gwnaeth Nathan frechdan iddi. Dringodd Grace ar ei glin a rhoi cwtsh iddi tra adroddodd Mam hanes ei bore fel derbynwraig yn yr ysbyty wrthyn nhw.

"Mmm, ti'n gwneud brechdan grêt," meddai Mam a llyfu'i bysedd. "Ti 'di'n hoff *chef* i!"

Edrychodd Nathan ar ei wats. "O, Mam, mae'n rhaid i mi fynd. Mae Dad wedi ffonio. Mae e wedi cyrraedd 'nôl a dwi'n cwrdd â fe wrth yr afon am dri."

"'Sdim ymarfer pêl-droed 'da ti?" gofynnodd Mam.

"Dim tan chwech. Fe a i â 'nillad 'da fi a mynd yn syth ar ôl pysgota."

Casglodd ei bethau a nôl ei feic.

"Gweld ti wedyn," galwodd.

"Iawn. A dwed wrth dy dad 'mod i'n synnu bod yn well ganddo fynd i bysgota na dod adre ata i," chwarddodd ei fam.

Gadawodd Nathan y tŷ a seiclo o'r dref at yr afon.

Prynhawn normal. Ond yn ystod y dyddiau nesaf byddai'n mynd dros bopeth yn ei feddwl, dro ar ôl tro, yn ceisio cofio popeth, a cheisio gwneud synnwyr o'r cyfan.

Pennod 2
Marwolaeth

Ar ôl hynny, byddai pobl yn gofyn i Nathan faint o'r gloch yn union roedd e wedi cyrraedd y bont, ac roedd e'n gwybod i'r eiliad. Roedd e bob amser yn ceisio gwella ar ei amser gorau pan fyddai'n seiclo o'r tŷ i'r afon. Y prynhawn hwnnw roedd e wedi bod yn gyflym dros ben. Pan edrychodd ar ei wats gwelodd ei fod wedi cymryd llai na hanner awr. Roedd hi'n 2.28.

Eisteddodd ar y bont i gael ei anadl yna cerddodd yn araf i lawr at lan yr afon. Arhosodd yno tan 2.45, yn ceisio gweld pysgodyn yn y dŵr mwdlyd. Doedd ei dad ddim fod i gyrraedd am chwarter awr arall ond roedd Nathan yn teimlo braidd yn anesmwyth. Ar Anti Jane roedd y bai – yr holl gleber yna am ddamweiniau ar y draffordd. Dechreuodd boeni. Beth petai Dad yn cael damwain?

Wrth i'r munudau dician heibio, roedd e'n poeni mwy a mwy.

Tri o'r gloch.

3.10.

3.20.

Am 3.25 cerddodd yn ôl at y bont ac edrych ar hyd yr heol. Doedd dim golwg o lorri ei dad. Gallai deimlo ei galon yn curo.

Gwnaeth ei orau glas i'w ddarbwyllo'i hun y gallai Dad fod wedi ei ddal mewn traffig, ond roedd e'n dal i boeni. Beth wnâi e petai Dad yn cael ei ladd mewn damwain? Byddai'n hunllef. Doedd rhai o'i ffrindiau ddim ar delerau da gyda'u tadau ond roedd Dad yn wahanol. Roedd Dad yn llawn sbri ac roedd hi'n hawdd siarad ag e. Roedden nhw fel ffrindiau go iawn.

Edrychodd ar ei wats am 3.30, ac eto mewn ychydig funudau. Rhuodd ceir a thryciau heibio, ond doedd dim golwg o Dad o hyd.

Am 3.40 penderfynodd fynd adre. Roedd e'n gwthio'r beic yn ôl i fyny'r llethr at yr heol pan welodd e lorri Dad yn croesi'r bont. Gollyngodd y beic a rhedeg i'r man parcio.

"Ti'n hwyr!" meddai wrth i Dad ddringo o'r cab.

Roedd gwên ar wyneb Dad ond trodd ei lygaid oddi wrth Nathan wrth iddo ddweud, "Sori, mêt – dylet ti fod wedi gweld y traffig ar y draffordd."

Fe gerddon nhw i lawr at yr afon ac ar hyd y lan i'w hoff fan pysgota.

Wrth i Nathan roi'r offer pysgota i'w Dad, sylwodd ar y crafiad hir ar gefn ei law.

"Sut gwnest ti hwnna?" gofynnodd.

"Dyw e'n ddim byd," atebodd Dad.

"Mae'n gwaedu."

Cipiodd Dad y gêr pysgota a throi i ffwrdd. "Dwi'n mynd i roi cynnig arni ychydig bach yn uwch i fyny'r lan heddiw. Aros di fan hyn."

Cerddodd ar hyd y lan ac eistedd ugain metr i ffwrdd. Ymhen ychydig funudau gwelodd Nathan e'n tynnu hances bapur o'i boced a sychu'r crafiad.

Ceisiodd Nathan ganolbwyntio ar bysgota gan daflu llygad i gyfeiriad ei dad nawr ac yn y man. Roedd ei lein yn y dŵr ond doedd e ddim hyd yn oed yn gwylio'r fflôt. Roedd e'n syllu dros yr afon, ei feddwl yn bell.

Roedd rhywbeth yn bod. Roedden nhw'n cael amser da fel arfer pan fydden nhw'n mynd i bysgota. Bydden nhw bob amser yn sefyll ochr yn ochr yn sgwrsio a chwerthin. Ond dim heddiw.

A phan fyddai Dad yn cyrraedd yn ôl o drip byddai ganddo bob amser lwyth o storïau i'w hadrodd. Ond dim heddiw. Heddiw roedd popeth yn teimlo mor wahanol.

Doedd y pysgota ddim yn llawer o hwyl chwaith – dim un brathiad ers bron i awr. Yna daliodd Nathan bysgodyn, ond un bach oedd e. Felly tynnodd e oddi ar y bachyn a'i roi 'nôl yn yr afon.

Fel roedd e'n troi i gael abwyd newydd gwelodd rywbeth yn symud yn y gwair hir ger y berth. Cerddodd draw er mwyn gweld yn well, yna trodd i ffwrdd mewn arswyd. Ci oedd yno, a gwaed drosto i gyd. Roedd pryfed yn ferw o'i gwmpas.

"Dad! Glou!" gwaeddodd.

Gollyngodd Dad ei wialen bysgota a rhedeg ato. Plygodd i lawr ac edrych ar y ci.

"Wedi ei daro gan gar," dwedodd Dad. "Mae e wedi llusgo'i hun lawr i'r fan yma i farw."

"Well i ni alw'r fet," meddai Nathan, gan droi i ffwrdd. Doedd e ddim yn moyn edrych ar y siâp gwaedlyd yna yn y gwair.

"Mae'n rhy hwyr i hynny. Mae asgwrn ei ên wedi torri ac mae ei berfedd yn hongian allan," dwedodd Dad. "Mae'n edrych fel petai asgwrn ei glun wedi torri hefyd – a'i goesau ôl. Bydd e wedi marw cyn i'r fet gyrraedd. Byddai'n well i ni ei roi allan o'i boen."

"Ei ladd e?"

"Dwyt ti ddim yn mynd i adael iddo ddiodde' fel hyn, Nath – mae'n greulon. Cer draw fan'na os dwyt ti ddim yn moyn gwylio."

Symudodd Nathan o'r neilltu ac edrych ar yr afon yn llifo'n araf.

Clywodd y ci'n chwyrnu, yna'i dad yn siarad yn dawel. Clywodd riddfan isel, yna crac.

Roedd yn ddigon i godi gwallt pen Nathan.

"Mae'r hen druan allan o'i boen nawr," meddai ei dad, wrth gerdded heibio i Nathan a'r ci marw yn ei freichiau. Plygodd a llithro corff y ci i'r afon. Arnofiodd i ffwrdd ar y dŵr mwdlyd. Yna'n araf, rholiodd ar ei ochr a suddo.

"Beth wnest ti?" gofynnodd Nathan wrth wylio'i Dad yn golchi'r gwaed oddi ar ei ddwylo.

"Torri ei wddw. Sydyn a di-boen."

"Ond Dad, sut rwyt ti'n gallu gwneud rhywbeth fel 'na?"

"Dwi wedi bod mewn rhyfeloedd, Nathan. Pan wyt ti wedi gweld dy ffrindie yn cael eu saethu, eu chwythu i fyny neu eu llosgi'n fyw, ti'n dod i arfer â marwolaeth. Beth bynnag, ro'n i'n gwneud cymwynas ag e."

Aeth y ddau yn ôl i bysgota ond doedd calon Nathan ddim ynddo. Daliai i feddwl am y ci a thua 5.15 dechreuodd bacio ei wialen.

"Wedi cael digon?" holodd Dad.

"Mae ymarfer 'da fi," meddai.

"O'r gore, fe arhosa i am ychydig bach. Wela i di 'nôl gartre – gad dy wialen i fi. Hwyl."

Gwthiodd Nathan ei feic i fyny'r llethr, yna dechreuodd bedlo ar hyd yr heol. Roedd newydd fynd rownd y tro cyntaf pan glywodd ru injan y tu ôl iddo. Edrychodd dros ei ysgwydd a gweld fan wen yn gyrru ar ras wyllt heibio'r tro. Roedd hi'n mynd yn rhy gyflym o lawer. Sgidiodd i ochr bella'r heol, yna gwyro tuag ato. Tynnodd Nathan ar lyw ei feic a thaflu ei hun ar borfa'r lan wrth i'r fan sgrechian heibio.

Cododd ar ei draed. Roedd baw ar ei jîns a chrafiad ar ei law. Ond roedd e'n ffodus – pe bai e heb symud o'r ffordd byddai wedi cael ei wasgu fel y ci druan.

Edrychodd ar hyd yr heol.

"Y ffŵl dwl!" gwaeddodd ond roedd y fan yn diflannu'n barod heibio tro arall.

Pennod 3
Yr Ymarfer

Ciciodd Nathan y bêl heibio'r amddiffynnwr a dechrau rhedeg ar ei hôl tua'r gôl.

"Nath, pasia!" Edrychodd Nathan a gweld ei ffrind, Ben Westcott, yn rhedeg tuag at y gôl.

Ciciodd Nathan y bêl yn uchel i'r canol a chwrddodd Ben â hi â foli berffaith. Hedfanodd y bêl i gefn y rhwyd.

"Gôl wych," gwaeddodd eu hyfforddwr. "Iawn, bois – dyna ddigon am heddiw. Peidiwch ag anghofio bod ymarfer eto ddydd Gwener."

"Pas ofnadwy, Nath," meddai Ben a thynnu coes Nathan wrth iddyn nhw gerdded tuag at yr ystafell newid gyda'r lleill.

"Ie, fel dy siot ofnadwy di," chwarddodd Nath, gan gamu i'r ochr wrth i Ben gymryd arno ei daro.

Ond ddwedodd Ben ddim llawer wrth iddyn nhw seiclo adre o'r maes ymarfer a gallai Nathan weld ei fod yn poeni am rywbeth. Doedden nhw ddim wedi bod yn ffrindiau'n hir – roedd teulu Ben wedi symud i lawr o'r gogledd rhyw bum mis yn ôl. Ond teimlai fel petaen nhw wedi bod yn ffrindiau gorau ers blynyddoedd. Roedden nhw'n hoffi'r un pynciau yn yr ysgol. Roedden nhw'n hoffi'r un gemau fideo. Roedd y ddau'n dwlu ar bêl-droed. Roedd ganddyn nhw'r un math o hiwmor ac i goroni popeth, roedd tad y ddau'n yrwyr.

"Ti'n moyn dod i mewn?" gofynnodd Nathan pan gyrhaeddon nhw ei gartre.

Ysgydwodd Ben ei ben ac yna edrych ar Nathan. "Roedd yn rhaid i Hayley fynd yn ôl i'r ysbyty heddiw am ragor o gemo ac mae'r cyffurie maen nhw'n eu rhoi iddi yn gwneud iddi deimlo fel chwydu drwy'r amser."

Dyna beth oedd yn poeni Ben heddiw. Roedd lewcemia ar ei chwaer fach ac roedd hi'n gorfod mynd yn ôl ac ymlaen i'r ysbyty.

"Mae Mam a Dad dan lot o straen pan fydd Hayley'n sâl – yn enwedig Dad, felly mae'n well i mi fynd adre. Wela i ti."

Gwyliodd Nathan ei ffrind yn seiclo i ffwrdd. Ben druan.

Wrth i Nathan agor drws y ffrynt gallai glywed ei deulu i fyny'r grisiau. Roedd Dad yn siarad ac roedd Grace a Mam yn chwerthin yn ddi-stop.

Roedd e mor ffodus. Roedd popeth yn iawn.

Ymhen amser byddai'n edrych yn ôl ar y funud hon – y funud olaf o hapusrwydd llwyr.

Pennod 4
Yr Heddlu'n Cyrraedd

Roedd ei fam wedi blino ac aeth i'w gwely am ddeg o'r gloch. Chwiliodd Nathan a'i dad drwy'r sianelau ar y teledu ond chafon nhw hyd i ddim oedd yn apelio atyn nhw.

"Beth am wylio'r DVD," cynigiodd ei dad a gwyddai Nathan yn union pa un roedd e'n ei olygu. *Strait For Goal* – ffilm yn dangos holl goliau eu hoff chwaraewr, Darren Strait. Roedden nhw wedi ei wylio ddwsinau o weithiau o'r blaen ond doedden nhw byth yn blino arno.

"Dyma'n syniad i o noson berffaith," meddai ei dad wrth i'r DVD ddechrau. "Eistedd 'da ti, yn gwylio'r hen Darren. Fe yw'r chwaraewr gore dwi 'rioed wedi'i weld."

"Ti'n dweud 'na bob tro."

"Achos mae'n wir," gwenodd ei dad.

Roedden nhw tua hanner ffordd trwy'r ffilm pan glywon nhw gnoc ar ddrws y ffrynt. Neidiodd ei dad mewn syndod, yna cododd ac edrych drwy'r ffenest.

"Yr heddlu," meddai'n dawel. "Beth sy'n bod nawr?"

Aeth allan i'r cyntedd ac ymhen ychydig daeth yn ei ôl a dau blismon yn ei ddilyn.

"Cer i wneud te i ni, Nathan, wnei di?"

Aeth Nathan i'r gegin, dododd y tegell i ferwi ac yna'n dawel, cerddodd ar flaenau'i draed a sefyll y tu allan i'r drws i wrando.

" ... merch ifanc o'r enw Lucy Holden?" meddai un o'r plismyn. "Dyma'i llun hi."

"Na, 'rioed wedi'i gweld hi," atebodd ei dad. "Beth amdani?"

"Mae arna i ofn ein bod wedi dod o hyd iddi'n farw yng Nghoed y Fron yn gynnar heno 'ma.

Gwelodd rhywun eich lorri chi wedi ei pharcio ar y bont wrth ymyl y fan honno."

"Ro'n i'n pysgota 'da'r mab."

"Iawn. Ro'n ni'n meddwl tybed oeddech chi wedi gweld unrhyw beth fyddai o help i ni. Rhywun arall o gwmpas? Unrhyw beth a dweud y gwir."

Bu tawelwch hir yna dwedodd ei dad, "Sori – alla i ddim meddwl am ddim."

Clywodd Nathan y tegell yn berwi a rhuthrodd i'r gegin i wneud y te. Dododd y mygiau ar hambwrdd a'u cario i'r ystafell eistedd. Roedd ei ddwylo'n crynu wrth iddo eu hestyn i bawb.

"Roedd dy dad yn dweud eich bod wedi bod yn pysgota prynhawn 'ma," dwedodd un o'r plismyn. "Wyt ti'n cofio pryd gyrhaeddest ti yno?"

"28 munud wedi dau."

"Jiw, ma' hwnna'n gysáct iawn," meddai'r plismon dan wenu. "Ac fe gyrhaeddodd dy dad ...?"

"Ugain munud i bedwar – fe edryches i ar fy wats achos ..." Stopiodd Nathan am fod y plismon wedi troi yn sydyn at ei dad.

"Ro'n i'n meddwl i chi ddweud eich bod wedi cyrraedd yno am dri o'r gloch," meddai'r plismon.

"Na, na – ro'n i fod yno am dri ond ces i fy nal mewn traffig," dwedodd ei dad.

Ysgrifennodd y plismon yn ei lyfr nodiadau cyn troi 'nôl at Nathan. "Welest ti unrhyw un arall wrth yr afon neu ar y bont tra oeddet ti'n aros am dy dad? Unrhyw beth od?

Ysgydwodd Nathan ei ben.

Gofynnodd y plismon ragor o gwestiynau cyn cau ei lyfr nodiadau. Edrychodd ar Dad am amser cyn sefyll ar ei draed.

"Iawn 'te, fe awn ni," meddai. "Drwg 'da ni darfu arnoch chi. Ac os cofiwch chi unrhyw beth all fod o help i ni, rhowch alwad i ni."

Arhosodd Nathan tra oedd ei dad yn ffarwelio â'r plismyn.

"Amser gwely," dwedodd ei dad pan ddaeth yn ôl.

"Ond beth am ...?" dechreuodd Nathan. Roedd e'n ysu am gael siarad am y cwbwl.

"Gwely, wedes i," torrodd ei dad ar ei draws. Roedd ei lais yn siarp a dig, felly wnaeth Nathan ddim dadlau.

Aeth i'w wely. Pam roedd Dad mor ddig wrtho? Bu'n gorwedd yno am amser yn gwrando am sŵn traed ei dad yn dod i fyny'r grisiau, ond yn y diwedd llithrodd i gysgu.

Deffrodd Nathan rai oriau'n ddiweddarach. Roedd y golau'n dal ynghynn yn y coridor felly cododd a chripiodd i lawr y grisiau'n dawel.

Roedd ei dad yn eistedd ar y soffa a'i ben yn ei ddwylo.

"Ti'n ddig 'da fi?" gofynnodd Nathan.

"Nac ydw, wrth gwrs," atebodd Dad gan edrych i fyny. Ysgydwodd ei ben a dweud, "Dwi'n ddig 'da fi'n hunan."

"Pam?"

"Achos dwi wedi gwneud rhywbeth hollol hurt. Hurt dros ben."

"Beth?"

Tynnodd ei dad anadl ddofn. "Fe ddwedes i gelwydd wrth yr heddlu. Wedes i wrthyn nhw 'mod i heb weld y ferch 'na, ond fe wnes i. Rhoies i lifft iddi. Roedd hi'n sefyll wrth ochr yr heol pan ddes i oddi ar y draffordd ac fe ... roies i lifft iddi. Fe ollynges i hi ger Coed y Fron. A nawr mae hi wedi marw."

"Pam na wedest ti wrthyn nhw?"

"Wn i ddim. Wn i ddim. Panig neu rywbeth." Oedodd am ychydig ac edrych yn syth ar Nathan. "Ti'n gwybod beth mae'r heddlu'n mynd i feddwl on'd wyt ti?"

Doedd dim i'w ddweud. Eisteddodd Nathan yno, ei galon yn curo fel gordd a'i wyneb yn llosgi.

"Mae'n well i ti fynd i dy wely, mêt," meddai ei dad o'r diwedd, gan geisio gwenu. "Cer, fe sortia i bopeth fory. Bydd pob dim yn iawn, wir nawr."

Gorweddodd Nathan yn ei wely. Ond doedd e ddim yn gallu cysgu. Roedd ei feddwl yn gwibio dros beth roedd ei dad wedi ei ddweud. Yn gwibio drosodd a throsodd, nes i'r nos ddu droi'n fore llwyd.

Pennod 5
Cwestiynau

Roedd Nathan eisoes wedi gwisgo pan glywodd Mam yn codi ond arhosodd yn ei ystafell – byddai Dad eisiau amser i egluro pethau wrthi. Ond hanner awr yn ddiweddarach cododd Grace, felly cododd e hefyd a mynd i lawr y grisiau gyda hi.

Gwelodd Mam yn sychu'i llygaid yn sydyn pan ddaethon nhw i'r ystafell. Dechreuodd siarad â Grace fel petai dim byd yn bod. Cymrodd Dad arno ei fod yn moyn help Nathan yn y garej ac wedi iddyn nhw gyrraedd, caeodd y drws a siarad mewn llais isel.

"Dwi wedi siarad am y peth 'da Mam ac mae hi'n meddwl y dylwn i egluro pethe wrth yr heddlu. Felly fe alwa i yn y depo a gofyn am beth amser rhydd, wedyn fe â i lawr i orsaf yr heddlu. Dy'n ni ddim yn moyn i Grace wybod dim am hyn, iawn?"

Roedd hi'n anodd ceisio bod yn normal gyda Grace pan oedd ei feddwl yn llawn gofid a phryder am Dad. Ac roedd hi'n fwy anodd byth pan gyrhaeddodd Anti Jane.

"Www, glywes i eich bod chi wedi cael ymweliad gan yr heddlu neithiwr," meddai cyn gynted ag y daeth i mewn drwy'r drws.

"Pa heddlu?" gofynnodd Grace.

"Doedd e'n ddim byd," meddai Nathan wrth Grace. Edrychodd yn ddig ar Anti Jane. "Moyn gofyn rhywbeth i Dad am lorïau roedden nhw. Hei, mae dy gartŵn di 'mlaen."

Rhedodd Grace i weld y teledu a cherddodd Nathan i'r gegin.

"Ro'n i'n meddwl falle eu bod yn holi am y ferch 'na gafon nhw hyd iddi'n farw yng Nghoed y Fron," meddai Anti Jane, gan ei ddilyn. "Roedd e ar y newyddion lleol y bore 'ma. Lucy Holden. Dim ond 19 oedd hi."

"Chlywes i mo'no fe," meddai Nathan yn oeraidd. "A bydde'n well i chi beidio siarad am bethe fel 'na o flaen Grace, neu byddwch chi'n codi ofn arni."

Arhosodd gyda Grace drwy'r bore i wneud yn siŵr nad oedd Anti Jane yn sôn am y peth ac roedd e'n falch pan ddaeth Mam adre a phan aeth Anti Jane. Ond fuodd e ddim yn falch yn hir. Caeodd Mam ddrws y gegin.

"Dwi ddim yn moyn i Grace glywed am hyn," meddai. Brathodd ei gwefus i'w hatal ei hun rhag crïo, yna aeth yn ei blaen.

"Mae newyddion drwg 'da fi. Ffoniodd Dad fi yn y gwaith. Pan gyrhaeddodd e'r depo roedd yr heddlu'n chwilio'i dryc. Fe gafon nhw hyd i olion bysedd y ferch yn y cab, felly ro'n nhw'n gwybod ei fod wedi dweud celwydd wrthyn nhw. Maen nhw wedi mynd â fe i Orsaf yr Heddlu ac maen nhw wedi bod yn ei holi drwy'r bore. Mae e wedi gofyn i mi gael hyd i gyfreithiwr."

A llifodd y dagrau ar hyd ei hwyneb.

Teimlai Nathan mor ddiymadferth. Doedd e ddim yn gwybod beth i'w wneud. Yna'n sydyn sychodd mam y dagrau â'i dwylo a sefyll yn dalsyth.

"Dim crïo," meddai, bron wrthi'i hunan. Yna edrychodd ar Nathan ac meddai, "Mae'n rhaid i ni fod yn gryf i helpu Dad. Gofala di am Grace tra bydda i'n mynd i'r dre."

Roedd hi'n gynnar fin nos pan gyrhaeddodd ei fam yn ôl. A dim ond ar ôl i Grace fynd i'r gwely y cafodd hi gyfle i ddweud wrth Nathan beth oedd wedi digwydd. Roedd hi wedi dod o hyd i gyfreithiwr o'r enw Mr Baxter ac roedden nhw wedi mynd i Orsaf yr Heddlu gyda'i gilydd.

"Do'n nhw ddim yn fodlon gadael i mi fynd i mewn," meddai "ond roedd Mr Baxter gyda Dad am ddwyawr. Maen nhw'n dal i'w holi a dyw Mr Baxter ddim yn credu y byddan nhw'n ei ryddhau tan fory o leiaf."

"Ond, maen nhw'n mynd i'w ryddhau e?" gofynnodd Nathan. "Mam? Maen nhw'n mynd i'w ryddhau e, on'd y'n nhw?"

Dim ond un ateb roedd e'n moyn ei glywed. Roedd yn rhaid iddo gael peth gobaith i atal y boen ofnadwy yma oedd yn pwyso ar ei galon.

Ond wnaeth hi ddim byd ond ysgwyd ei phen. Doedd hi ddim yn gwybod. Fe sylweddolodd Nathan ei bod hi mor ofnus ag e. Estynnodd ato a gafael yn dynn yn ei law. Eisteddon nhw yno, gyda'i gilydd heb ddweud dim. Dim ond gafael yn nwylo'i gilydd.

Pennod 6
Euog?

Cafodd Nathan noson wael arall. Roedd e'n dal i ddweud wrtho'i hun drosodd a throsodd y byddai popeth yn iawn, y byddai Dad yn cael ei ryddhau yn y bore. Ond, wrth i'r oriau tywyll hir lusgo heibio, allai e ddim peidio â hel meddyliau. Efallai y byddai'r heddlu'n gwneud camgymeriad. Weithiau roedd dynion dieuog yn cael eu profi'n euog. Efallai y byddai Dad yn cael ei anfon i'r carchar.

Ac yna'r gwaethaf un – efallai taw fe oedd wedi llofruddio Lucy Holden.

Roedd e'n hollol hurt ac ofnadwy i feddwl hynny. Ond, roedd y syniad yn mynnu troi a throi yn ei feddwl. Pam roedd Dad wedi dweud celwydd wrth yr heddlu? Pam roedd e'n hwyr yn cyrraedd yr afon? Roedd rhywbeth rhyfedd ynghylch ei Dad y diwrnod hwnnw – fel petai'n ymddwyn yn euog. A beth am y ffordd roedd e wedi torri gwddw'r ci 'na a dweud ei fod yn dod i arfer â marwolaeth ar ôl gweld eu ffrindiau'n marw. Efallai nad oedd e wedi gollwng y ferch 'na ger Coed y Fron. Efallai ei fod e wedi ei lladd hi.

Na, na – allai ei dad byth â bod yn llofrudd. Nid ei dad. Allai e byth â bod.

Allai e?

Fore trannoeth, roedd Nathan wedi blino'n lân a'r person olaf roedd e'n moyn ei gweld oedd Anti Jane. Ddwedodd hi ddim byd i ddechrau, dim ond edrych ar y teledu. Ond pan aeth Grace drws nesa' i chwarae gyda'i ffrind, Lili, daeth i fyny i ystafell Nathan.

"Ro'n i'n iawn 'te," meddai Anti Jane, gan sefyll yn y drws.

Daliodd ati i chwarae gêm ar y cyfrifiadur, gan obeithio y byddai'n mynd i ffwrdd.

"Mae cefnder fy ffrind yn blismon. Mae e'n dweud fod dy dad 'da nhw yn y stesion. Maen nhw'n ei holi fe."

Wnaeth e ddim troi ond gallai deimlo ei dymer yn codi.

"Am y ferch 'na sy wedi marw," ychwanegodd Anti Jane.

"Byddwch dawel," meddai Nathan yn isel.

"Mae'n rhaid eich bod chi'n poeni. Ti'n gwybod beth maen nhw'n ei ddweud – does dim mwg heb dân."

A nawr ffrwydrodd ei dymer. Cododd. Ymhen pedwar cam roedd e wyneb yn wyneb â hi. Gwelodd y syndod yn ei llygaid.

"Cerwch allan!" meddai.

"Do'n i ddim ond yn dweud beth ..."

"Cerwch allan neu fe fydda i'n eich taflu chi allan!"

Roedd e'n golygu pob gair ac roedd hi'n gwybod hynny. Trodd i ffwrdd a chychwyn i lawr y grisiau. Dilynodd Nathan hi, yna rhedodd at y drws a'i agor led y pen. Arhosodd nes iddi gyrraedd gât yr ardd, ac yna caeodd y drws yn glep.

Eisteddodd ar y grisiau ac roedd e'n teimlo'n dda – roedd e wedi gwneud y peth iawn. Ond pan gyrhaeddodd ei fam adre fe ddwedodd hi wrtho ei fod wedi gwneud camgymeriad mawr.

"Ti'n gwybod sut un yw Jane," dwedodd ei fam wrtho. "Dwi'n siŵr ei bod wedi dweud wrth bawb yn y stryd erbyn hyn."

Ac roedd ei fam yn iawn. Ymhen deng munud daeth Grace adre mewn dagrau.

"Mae Lili'n ... dweud ... bod Dadi'n ... dd-ddyn drwg," llefodd Grace. "Mae hi'n dweud bydd yn rhaid iddo fe fynd i'r carchar."

Daeth Mam i benderfyniad yn y fan a'r lle. "Dwi'n mynd â Grace i sefyll 'da Mam-gu nes bydd hyn i gyd wedi chwythu'i blwc," meddai wrth Nathan. "Wyt ti'n moyn mynd 'da hi?"

Meddyliodd mor braf fyddai cael bod allan yn y wlad, ddeugain milltir i ffwrdd oddi wrth Anti Jane a'r hen fenywod eraill 'na oedd i gyd yn hel straeon. Ond ysgydwodd ei ben a dweud y gwir wrth Mam. "Dwi'n moyn bod 'da chi."

Pennod 7

Llofruddiaeth. Llofruddiaeth. Llofruddiaeth.

Chyrhaeddodd Mam ddim yn ôl o dŷ Mam-gu tan gyda'r hwyr. Roedd Nathan wrthi'n gwneud te iddi pan gurodd rhywun ar y drws. Safai dyn tal, tenau iawn a gwallt gwyn yno. Syllodd ei lygaid glas ar Nathan.

"Rwyt ti'n debyg iawn i dy dad," meddai. "Fi ydy ei gyfreithiwr e, Joshua Baxter."

Aeth Nathan â Mr Baxter i mewn i'r gegin. Siglodd law â Mam.

"Mae arna i ofn bod newyddion drwg 'da fi," meddai. "Mae eich gŵr wedi ei gyhuddo o lofruddio Lucy Holden."

Gwelodd Nathan ei fam yn cydio'n dynn yng nghefn y gadair, i'w hatal ei hun rhag cwympo.

"Fe ddwedoch chi y bydden nhw'n ei ollwng yn rhydd heddiw," sibrydodd.

"Dyna ro'n i'n ei obeithio, ond mae'r sefyllfa wedi newid. Fe gafon nhw hyd i ddarnau o'i groen o dan ewinedd Miss Holden. Maen nhw'n credu iddi ei grafu wrth geisio dod yn rhydd."

Y crafiad ar law ei dad. Cofiodd Nathan fel roedd ei dad wedi cythru am y gêr pysgota a cherdded oddi wrtho. Roedd yn union fel petai wedi ceisio cuddio'r crafiad. Fel petai'n euog.

"Mae rhywbeth arall," aeth Mr Baxter yn ei flaen. "Mae'r heddlu'n ceisio'i gysylltu â dwy lofruddiaeth arall ger Castellfan y llynedd. Merched tua'r un oed. Y ddwy wedi eu lladd yn yr un ffordd. Fe edrychon nhw ar y cofnodion yn y depo ac fe welon nhw ei fod e'n dosbarthu nwyddau i ffatri heb fod ymhell o Gastellfan pan gafodd y ferch gynta' ei llofruddio. Ar ddiwrnod yr ail lofruddiaeth roedd e yng Nghaer Dderwen, dros gan milltir i'r de oddi yno. Tynnais i sylw'r

33

heddlu at hynny. Y broblem ydy, iddo glocio i mewn yn hwyr y noson honno. Yn ôl yr heddlu, roedd ganddo ddigon o amser i yrru i Gastellfan ac yn ôl."

Roedd rhywbeth roedd yn rhaid i Nathan gael gwybod. Rhywbeth roedd yn rhaid iddo ei ofyn. Ond roedd arno ofn clywed yr ateb.

"Sut cafodd y merched eu lladd?" gofynnodd.

Trodd Mr Baxter ei lygaid glas golau at Nathan. Sylweddolai Nathan ei fod yn gwestiwn od. Ond roedd yn rhaid iddo glywed yr ateb.

"Roedd eu gyddfau wedi eu torri," meddai.

Gallai Nathan deimlo'r gwaed yn pwmpio yn ei wddw. Eisteddodd wrth y ford a syllu ar y cwpan oedd o'i flaen. Roedd e wedi rhoi'r llaeth ynddo ond doedd e ddim wedi tywallt y te. Rhythodd arno, wedi'i barlysu gormod i wneud dim, dim hyd yn oed gwrando ar Mr Baxter a'i fam yn siarad. Roedd eu gyddfau wedi eu torri – fel y ci 'na.

Sawl gwaith roedd Nathan wedi clywed pobl ar y teledu'n dweud nad oedden nhw'n gallu credu bod y person dymunol oedd yn byw drws nesa' yn llofrudd neu'n frawychwr. Roedd pobl yn gallu cuddio cyfrinachau tywyll ac ofnadwy yn eu calonnau. Oedd hi wir yn bosibl bod Dad – y dyn roedd e'n ei garu ac yn ymddiried ynddo – wedi lladd tair merch?

Eisteddodd yno heb symud, nes i Mr Baxter roi ei law ar ei ysgwydd.

"Fe hoffwn i ti wneud rhywbeth i mi," dwedodd y cyfreithiwr. "Dwi am i ti geisio cofio popeth fedri di am y prynhawn 'na. Fe alwa i heibio bore fory i weld a wyt ti wedi cofio unrhywbeth. Wnei di hynny?"

Nodiodd Nathan. Doedd ganddo ddim dewis. Byddai'r un hen feddyliau'n troi a throsi yn ei feddwl drwy'r nos. Yr afon. Y llofruddiaeth. Ei dad.

Pennod 8

Ceisio Cofio

Erbyn i Mr Baxter gyrraedd fore trannoeth, roedd Nathan yn siŵr bod Dad yn euog. Po fwya' roedd e'n meddwl amdano, roedd e'n ffitio'n fwy i'w gilydd – ei dad yn hwyr, y crafiad, y ffordd od roedd e wedi ymddwyn, y ffordd roedd e wedi lladd y ci. Felly, beth ddylai e ei wneud? Dweud popeth wrth y cyfreithiwr a gwneud i achos Dad edrych yn waeth, neu a ddylai e guddio'r gwir oddi wrtho? Dweud celwydd wrtho?

Yn y diwedd doedd dim rhaid iddo guddio'r gwir na dweud celwydd. Doedd Mr Baxter ddim yn moyn gwybod dim am Dad. Yn lle hynny roedd e'n gofyn a oedd Nathan wedi gweld unrhywbeth yn od ar lan yr afon neu ar y bont. Dwedodd Nathan wrtho am y ci a beth roedd Dad wedi ei wneud. Ond dwedodd bod ei Dad wedi "rhoi'r ci allan o'i boen" yn hytrach na bod Dad "wedi ei ladd e."

"Dim byd arall?" gofynnodd Mr Baxter eto. "Neb yn ymddwyn yn od? Dim byd yn od am y ceir oedd yn mynd heibio?"

Ysgydwodd Nathan ei ben. Yna'n sydyn cofiodd rywbeth. "Roedd 'na fan wen," meddai. "Roedd hi'n mynd yn gyflym iawn. Buodd hi bron â 'nharo i oddi ar fy meic."

Edrychodd Mr Baxter arno gyda diddordeb. "Beth arall? Wyt ti'n gallu cofio unrhywbeth arall? Unrhyw fanylion?" Ond y cwbwl roedd Nathan yn gallu'i ddweud oedd bod y fan yn wyn a'i bod yn mynd yn rhy gyflym.

Yna, gwnaeth Mr Baxter iddo gau'i lygaid. Dwedodd wrtho am ymlacio ac anadlu'n ddwfn, yna, dechreuodd siarad ag e'n dawel, a cheisio mynd â fe 'nôl i'r foment honno. Gofynnodd iddo geisio ei weld ei hun yn gadael ei dad. Gofynnodd iddo ei weld ei hun yn cerdded gyda glan yr afon at y bont, mynd ar gefn ei feic. Ac yna beth?

Gallai Nathan weld yr olygfa ac fe'i disgrifiodd wrth Mr Baxter. Seiclo ar hyd yr heol, mynd heibio'r tro. Yna'r teiars yn gwichian. Edrych yn ôl, gweld y fan yn llithro ar draws yr heol tuag ato.

"Y gyrrwr. Wyt ti'n gallu gweld y gyrrwr?" gofynnodd Mr Baxter.

"Na, roedd yr haul yn disgleirio ar y ffenest flaen – doedd e'n ddim ond fflach o olau."

"Beth am y fan? Unrhyw farciau? Unrhyw ysgrifen arni?"

Caeodd Nathan ei lygaid yn dynn, ceisiodd weld, ceisiodd gofio.

"Dwi'n credu bod rhywbeth glas ar y cefn ... math o arwydd neu rywbeth, ond fe ddigwyddodd popeth mor glou ..."

A doedd e ddim yn gallu cofio dim byd arall, waeth pa mor galed roedd e'n ceisio. Waeth faint o weithiau roedd Mr Baxter yn ei holi.

"Wel, fe ddweda i wrth yr heddlu, ond fydd hyn ddim llawer o help iddyn nhw," dwedodd y cyfreithiwr wrth iddo adael. "Os feddyli di am rywbeth arall, rhaid i ti ddweud wrtho i ar unwaith. Petaen ni'n gallu dod o hyd i'r gyrrwr 'na, efallai y byddai e wedi gweld rhywbeth fyddai o help i ni."

Teimlai Nathan yn well – efallai nad oedd ei dad wedi lladd y ferch yna. Efallai y byddai'r gyrrwr yna'n gallu profi hynny. Penderfynodd fynd yn ôl at yr afon i weld a fyddai hynny'n gwneud iddo gofio unrhyw beth arall am y fan. Wrth iddo seiclo heibio tŷ Anti Jane, gallai ei gweld yn sefyll wrth y ffenest ffrynt – yn gwylio'r stryd fel arfer, yn edrych ar bopeth roedd pawb yn ei wneud. Teimlai fel gwneud arwydd drwg arni ond fe guddiodd hi tu ôl i'r llenni.

Aeth Nathan heibio'r gornel at y rhes siopau a safodd yn stond. Tu allan i'r siop bapur newydd roedd bordyn ar gyfer y papur lleol. Roedd pennawd arno – MERCH YN FARW – DYN LLEOL WEDI EI ARESTIO.

Safodd Nathan yno a rhythu ar y geiriau. 'Dyn Lleol'. Byddai enw Dad yn y papur. Byddai pawb yn y dref yn darllen amdano a meddwl ei fod yn llofrudd. Roedd dwy ddynes y tu allan i'r siop. Edrychon nhw draw at Nathan a dechrau siarad. Roedd e'n gwybod beth roedden nhw'n ei ddweud – "Dyna fe. Hwnna yw mab y llofrudd!"

Trodd a seiclo adre cyn gynted ag y gallai. Rhedodd i'r tŷ a chau'r llenni. Eisteddodd ar y soffa nes y daeth ei fam adre. Roedd copi o'r papur ganddi. Dangosodd y pennawd anferth iddo cyn rhwygo'r papur yn ei hanner a'i daflu ar gadair.

Canodd y ffôn.

"Mam-gu, siŵr o fod," meddai a mynd i godi'r ffôn. "Helô?"

Roedd Nathan yn edrych arni a gwelodd ei hwyneb yn newid. Ddwedodd hi ddim gair, dim ond gwrando. Yna gosododd y ffôn yn ei grud.

"Pwy oedd 'na, Mam?"

"Wn i ddim," atebodd gan siglo'i phen. "Rhyw foi ... rhyw foi sâl yn dweud pethe ofnadwy am Dad. O, Nathan, beth ni'n mynd i'w wneud?"

Am weddill y prynhawn, bu'r ddau yn eistedd ac yn cydio'n dynn yn ei gilydd. Daliai'r ffôn i ganu ond wnaethon nhw mo'i ateb. Gwneud dim ond aros yno. Dim crïo. Dim siarad. Dim ond cuddio oddi wrth y byd yn yr ystafell hanner tywyll.

Pennod 9
Wedi Ei Garcharu

Yn ystod yr wythnos ddilynol teimlai Nathan fel anifail wedi ei garcharu mewn caets.

Penderfynodd Mam gymryd amser yn rhydd o'i gwaith. Ffoniodd ysgol Nathan i ddweud wrthyn nhw y byddai'n absennol am ychydig ar ôl hanner tymor.

Fe ddatgysyllton nhw'r ffôn i roi taw ar y galwadau cas diddiwedd roedden nhw'n eu derbyn. A phan ddechreuodd y llythyrau cas ddod, rhoddon nhw'r gorau i agor eu post hefyd. Fe gadwon nhw'r llenni ar gau a'r drysau ar glo.

Un noson taflodd rhywun fricsen drwy un o'u ffenestri. Trannoeth, bu'n rhaid iddyn nhw ddodi astell ar ei thraws. Y noson ganlynol cyneuodd rhywun dân o flaen eu drws ffrynt. Fe lwyddon nhw i'w ddiffodd gyda bwcedaid o ddŵr ond erbyn hyn roedd ofn arnyn nhw. Fe benderfynon nhw gysgu i lawr grisiau fel y gallen nhw ddianc pe byddai tân go iawn.

Un diwrnod roedd cnoc ar y drws a phan agorodd Nathan e gwelodd fod dau ddyn papur newydd yn sefyll yno. Fe ddechreuon nhw ei holi ond ceisiodd e gau'r drws.

"Ry'n ni'n rhoi cyfle i ti roi dy ochr di o'r stori," meddai un ohonyn nhw a dodi ei droed yn erbyn y drws i'w ddal ar agor.

"Does 'da ni ddim byd i'w ddweud," meddai Nathan.

"Sut un yw dy dad? Ydy e'n mynd i ffwrdd yn aml?"

"Dim byd i'w ddweud."

"Dere, rho gyfweliad i ni neu fe brintiwn ni beth mae pobl yn ei ddweud amdano."

"Cerwch o 'ma!" gwaeddodd Nathan.

"Clywon ni ei fod e'n yfed lot a'i fod e'n bwrw dy fam. Dwyt ti ddim yn moyn i ni ddweud hynny yn y papurau, wyt ti?"

Daeth fflach, wrth i un ohonyn nhw dynnu llun ac yna teimlodd Nathan ei fam wrth ei ochr. Gwthiodd y ddau â'u holl nerth a chau'r drws.

Am rai dyddiau agoron nhw mo'r drws i neb. Dyna lle roedden nhw – fe a Mam yn erbyn y byd. Edrychon nhw ddim ar y teledu na gwrando ar y radio rhag ofn y bydden nhw'n clywed rhywbeth am Dad, a dim ond pan ddefnyddiai Mam ffôn symudol Nathan i ffonio Mam-gu roedd ganddyn nhw unrhyw gysylltiad â'r byd y tu allan. Doedd hi ddim hyd yn oed yn gwneud hynny'n aml am ei bod yn crïo wrth siarad â Grace.

Erbyn diwedd yr wythnos roedd y llythyrau wedi peidio. Roedd y gair LLOFRUDD yn dal wedi ei baentio ar y wal ffrynt, ond doedd y rhai ifanc a wnaeth hynny ddim yn sefyllian o gwmpas ar y pafin bellach. Felly, ar y bore Sadwrn pan gurodd rhywun ar y drws, aeth Nathan i'w agor.

Ben Westcott oedd yno.

Roedd Ben yn gwneud popeth yn iawn. Doedd e ddim yn gofyn cwestiynau a doedd e ddim yn siarad am yr arestiad na'r papurau newydd. Roedd yn ymddwyn fel pe bai popeth yn normal. Aethon nhw i ystafell Nathan a chwarae gêm ar ôl gêm o *Space Kings* ar y cyfrifiadur ac adroddodd Ben jôcs nes gwneud i Nathan chwerthin am y tro cyntaf ers amser.

"Diolch am alw," meddai wrth i Ben adael. "Roedd hi'n grêt dy weld di."

"Grêt dy weld di hefyd," meddai Ben. "Ro'n i'n colli gweld dy hen wyneb salw di yn yr ysgol. Ac mae hi wedi bod yn galed gartre hefyd. Mae Hayley wedi bod yn dost ar ôl yr holl gemo. Mae Mam yn isel ei hysbryd ac mae'r hen foi mewn stad ofnadwy. O, mae'n dweud bod yn ddrwg ganddo glywed am dy dad."

Cododd Nathan ei ysgwyddau ond roedd e'n falch o glywed geiriau Ben. Chwarae teg i dad Ben am fod mor garedig. Doedd pawb ddim yn greulon ac yn llawn casineb. Roedd 'na bobl oedd yn neis ac yn meddwl am eraill hyd yn oed pan oedd ganddyn nhw eu problemau eu hunain.

"Hei, wyt ti'n dod i'r gêm fory?" gofynnodd Ben. "Mae dy enw di lawr i chwarae."

Roedd Nathan yn mynd i ddweud na. Doedd e ddim yn barod i wynebu pobl eto ond cydiodd Ben yn ei fraich. "Dere," meddai, "bydd e'n codi'n

calon ni'n dau. Bydda i'n gallu chwerthin am ben
dy giciau croes ofnadwy di!"

"Ie, a bydda i'n chwerthin am ben dy siots
ofnadwy di. Iawn 'te."

Wrth i Nathan sefyll a gwylio Ben yn cerdded
i ffwrdd, cyrhaeddodd Mr Baxter yn ei gar.

Roedd e wedi gallu anghofio'i drafferthion
am gyfnod byr, ond nawr fe ruthron nhw i gyd
yn ôl wrth i Mr Baxter ddechrau siarad ag ef a'i
fam am yr heddlu a llofruddiaeth y tair merch.
Eisteddodd Nathan yno a gwrando. Roedd popeth
a ddywedai Mr Baxter yn awgrymu euogrwydd
Dad. Teimlai'n fwy a mwy diflas. Pan ddwedodd
Mr Baxter bod Dad yn cofio atyn nhw a bod
hiraeth arno, allai Nathan ddim ei atal ei hun –

"Wel, fe ddylai fod wedi meddwl am hynny
cyn mynd a difetha popeth."

"Nathan!" meddai ei fam a'i llais yn mynegi
ei sioc.

Cododd a rhedeg i fyny'r grisiau. Teimlai'n
ddig, teimlai gywilydd ac yn gymysglyd i gyd
wrth eistedd ar ei wely. Ymhen deng munud,
curodd Mr Baxter ar ddrws ei ystafell a daeth i

mewn. Edrychodd ei lygaid glas yn syth arno a throdd Nathan i ffwrdd gan edrych ar y llawr.

"Pam rwyt ti'n meddwl bod dy dad yn euog?" gofynnodd Mr Baxter.

Cododd Nathan ei ysgwyddau. "Wel mae'r heddlu'n credu hynny," mwmiodd, yn dal i edrych ar y llawr.

"Does gen i ddim diddordeb yn yr heddlu, ynot ti mae fy niddordeb i. Dere, dwed wrtho i."

Felly, dwedodd Nathan wrtho. "Fe ddwedodd e gelwydd wrtho i. Fe ddwedodd ei fod e'n sownd mewn traffig ond roedd e 'da'r ferch 'na. Ac roedd e'n ymddwyn yn od – fel petai'n ceisio cuddio rhywbeth."

Bu tawelwch hir ac edrychodd Nathan i fyny a gweld llygaid Mr Baxter yn syllu arno.

"Beth yw dy oedran di?" gofynnodd Mr Baxter.

"Pedair ar ddeg."

"Digon hen i ddeall pethe. Alla i ddweud wrthot ti pam fod dy dad yn edrych yn od? Am ei fod yn teimlo cywilydd."

"Pam?"

"Achos pan gododd e'r ferch 'na, roedd e'n meddwl taw rhywun yn ffawdheglu oedd hi. Ond na, cymryd arni ei bod yn moyn lifft oedd hi fel bod gyrwyr yn stopio iddi. Y cwbwl roedd hi'n moyn oedd arian. Ac roedd hi'n fodlon gwneud unrhyw beth i'w gael e. Unrhywbeth." Edrychodd Mr Baxter ar Nathan. "Wyt ti'n deall?"

Nodiodd Nathan, yna aeth Mr Baxter yn ei flaen. "Gofynnodd i dy dad ei gollwng yn y maes parcio unig 'na yng Nghoed y Fron. Ond pan gyrhaeddon nhw yno fe gynigiodd hi gael rhyw 'da fe. Fe ddwedodd e nad oedd ganddo ddim diddordeb a gofynnodd iddi fynd allan o'r lorri. Yna, fel roedd hi'n dringo allan o'r cab, fe geisiodd ddwyn ei waled o'r bag oedd ar y llawr. Cipiodd dy dad y waled yn ôl a dyna pryd y crafodd hi ei law. Fe ddwedodd hi os na fyddai e'n rhoi arian iddi fe fyddai'n dweud wrth yr heddlu ei fod e wedi ceisio'i threisio hi. Chymrodd e ddim sylw ohoni a mynnodd ei bod yn mynd allan o'r lorri. Yna gyrrodd i ffwrdd i gwrdd â ti."

"Pam na fyddai e wedi dweud hynna i gyd wrtho i?" gofynnodd Nathan.

"Dere, Nathan! Roedd e mewn sioc. Heblaw hynny, roedd e'n teimlo'i real ffŵl ei fod wedi cynnig lifft iddi yn y lle cyntaf. Wrth reswm doedd e ddim yn moyn siarad 'da ti amdano fe."

"Ddwedodd e hyn wrthoch chi?"

"Do," atebodd Mr Baxter.

"Ac ry'ch chi'n ei gredu fe?"

"Wrth gwrs 'mod i'n ei gredu fe," meddai Mr Baxter, "Ac fe ddylet ti ei gredu e hefyd. Ti'n ei 'nabod e. Ti'n gwybod mor onest, mor dda yw dy dad. Fe fentrwn i 'mywyd fod dy dad yn ddieuog. A rhywsut neu'i gilydd mae'n rhaid i mi brofi hynny i weddill y byd."

Pennod 10
Atgofion

Deffrodd Nathan yn gynnar, unwaith eto, fore trannoeth. Roedd hi'n dal yn dywyll. Ond yn lle teimlo ar goll ac yn dda i ddim fel roedd e wedi ei wneud drwy'r wythnos, roedd e'n llawn meddyliau cadarnhaol. Gorweddodd yno'n meddwl am ei dad. Gallai glywed geiriau Mr Baxter – "Ti'n gwybod mor onest, mor dda yw dy dad."

Oedd, roedd e'n onest ac yn dda ac yn dad grêt.

Gadawodd Nathan i'r holl atgofion hapus lifo 'nôl.

Arferai deimlo mor gyffrous pan oedd yn fachgen bach ac yn gwybod bod Dad yn dod adre am saib o'r fyddin. Byddai'r cyffro yn cynyddu o ddydd i ddydd, tan y funud hudol honno pan fyddai Dad yn cerdded i mewn drwy'r drws ac yn ei godi i roi cwtsh iddo. Dyna Dad. Roedd e naill ai'n eich dal chi yn ei freichiau, neu roedd e ar y llawr, yn chwarae 'da chi. Bob amser wyneb yn wyneb. Gallai Nathan weld yr wyneb yna nawr – y llygaid yn gwenu, y gwallt yn sgleinio, y blewiach ar ei ên oedd yn sbri i'w cyffwrdd ond oedd yn pigo bob tro roedd Dad yn eich cusanu neu'n rhoi cwtsh i chi.

Yna cofiodd Nathan mor drist roedd e'n teimlo pan oedd yn rhaid i Dad fynd i ffwrdd eto. Yr hiraeth oedd arno fe. Pan ddechreuodd e yn yr ysgol a gwneud ei luniau igam-ogam cyntaf a'i waith paentio, byddai'r athrawes yn gofyn iddo lluniau o beth oedden nhw a byddai bob amser yn ateb, "Dadi fi yn y fyddin."

Roedd e mor hapus ar ôl i Dad adael y fyddin, bron yn syth ar ôl i Grace gael ei geni. Roedd ei waith fel gyrrwr tryc yn golygu ei fod yn dal i ffwrdd yn aml ond dim cymaint â phan oedd yn y fyddin. Roedd llawer mwy o amser nawr i chwarae gyda'i gilydd, siarad gyda'i gilydd a bod gyda'i gilydd. Y gemau criced yn yr ardd. Cicio pêl yn y parc. Dad yn dysgu iddo bysgota. Ei dad yn mynd ag ef i gemau pêl-droed. Gwylio gemau ar y teledu gyda'i gilydd. Y ddau ohonyn nhw'n chwarae gyda Grace a mynd â hi am dro. A'r jôcs gwirion. A'i dad yn actio'n wirion ac yn gwneud iddo chwerthin am ddim byd.

Roedd e wedi teimlo mor falch pan oedden nhw yn y dref un diwrnod ac wedi cwrdd ag un o hen fêts Dad o'r fyddin. Roedd y dyn wedi plygu i lawr at Nathan a dweud, "Ti'n gwybod beth? Fe safiodd dy dad fy mywyd i. Fe dynnodd fi allan o'r tanc jyst cyn iddo ffrwydro. Betiai 'wedodd e mo hynny wrthot ti, naddo? Fe yw'r dyn mwya dewr dwi erioed wedi'i gyfarfod."

Sut y gallai fod wedi anghofio hynna i gyd? Sut y gallai e hyd yn oed meddwl y gallai Dad fod wedi lladd y merched yna?

Wel, fyddai e ddim yn anghofio eto. O hyn ymlaen fe fyddai'n credu yn ei dad ac fe fyddai'n gwneud popeth o fewn ei allu i'w gefnogi a'i helpu.

Pennod 11
Ymladd Lloerig

Doedd dim rhaid i Nathan aros yn hir cyn cael cefnogi ei dad.

Fe aeth i'r gêm bêl-droed ac roedd popeth yn ymddangos yn grêt. Cafodd groeso gan bob un o'i fêts yn y tîm a ddwedodd yr un ohonyn nhw'r un gair am beth oedd wedi digwydd.

Wrth iddyn nhw newid, fe ddwedodd yr hyfforddwr wrth Ben bod cwpwl o sgowtiaid proffesiynol yn dod i'r gêm i'w wylio. Roedd Nathan yn falch iawn dros ei ffrind, ond cymrodd Ben y newyddion yn dawel, heb gynhyrfu.

"Ie, dwi'n gwybod sut maen nhw," meddai. "Daeth 'na ryw bump ohonyn nhw i 'ngweld i pan o'n i'n chwarae i dîm Ieuenctid y Nant, ble ro'n ni'n byw o'r blaen. Roedd hyd yn oed un boi o 'United' yno. Maen nhw'n dy wylio di am ryw ddeng munud, wedyn maen nhw'n baglu bant, i wylio rhywun arall mewn gêm arall a ti'n clywed dim byd mwy."

"Ti byth yn gwybod," meddai Nathan. "Falle y gwelan nhw ti'n sgorio un o dy goliau ofnadwy a dy seinio di am lwyth o arian."

"Wel, mae'n well i ti wneud yn siŵr 'mod i'n cael digon o dy gics croes ofnadwy di," chwarddodd Ben.

Dechreuodd y gêm yn dda. Gwnaeth Nathan sawl rhediad da ar hyd yr asgell. Llwyddodd i fynd heibio'r amddiffynnwr oedd yn ei farcio, a chroesi'r bêl i Ben. Yna, wrth iddo gychwyn ar rediad arall, taclodd yr amddiffynnwr yn galed a tharo Nathan i lawr.

Chwythodd y dyfarnwr am gamchwarae a chymryd enw'r amddiffynnwr.

Wrth i'r chwaraewyr baratoi ar gyfer y gic rydd, cerddodd yr amddiffynnwr heibio i Nathan.

"Tro nesa, fe dorra i dy wddw di – fel gwnaeth dy dad di i'r ferch 'na," chwyrnodd.

Am eiliad roedd Nathan mewn gormod o sioc i wneud dim. Yna aeth ar ei ôl. Gafaelodd ynddo, ei droi, a'i daro yng nghanol ei wyneb. Cwympodd yr amddiffynnwr i'r llawr a gwaed yn llifo o'i drwyn. Yr eiliad nesaf roedd pawb o gwmpas Nathan yn ei wthio a'i daro. Ceisiodd daro 'nôl ond cydiodd rhywun ynddo a'i dynnu i ffwrdd. Ben oedd e.

"Gad e mêt! Gad e!" gwaeddodd Ben.

Ond roedd hi'n rhy hwyr. Dangosodd y dyfarnwr y cerdyn coch a chafodd Nathan ei anfon o'r cae.

"Beth ar wyneb y ddaear sy'n bod arnat ti?" gofynnodd yr hyfforddwr, ond cerddodd Nathan yn syth heibio iddo a mynd am yr ystafell newid.

Wnaeth e ddim hyd yn oed aros tan ddiwedd y gêm. Newidiodd ac aeth adre.

Daliai Ben i'w decstio ar ei ffôn symudol ond wnaeth Nathan ddim ateb. Gwyddai ei fod ar fai ac na ddylai fod wedi pwnio'r bachgen. At hynny, gallai fod wedi difetha cyfle ei ffrind gorau o gael ei weld gan y sgowtiaid pêl-droed. Teimlai gywilydd ac addawodd iddo'i hun na fyddai'n gadael i ddim byd tebyg ddigwydd eto.

Torrodd yr addewid trannoeth pan aeth yn ôl i'r ysgol.

Amser cinio roedd e'n siarad â Ben wrth y peiriant diod. Roedd cwpwl o fechgyn Blwyddyn 11 yn chwarae dwli gerllaw, ac fe wthiodd un yn erbyn Nathan a thywallt ei ddiod.

"Hei, edrych beth ti'n neud!" dwedodd Nathan.

"Ie, well i ti," meddai'r bachgen arall o Flwyddyn 11 wrth ei ffrind, "neu fe laddith e ti!"

Teimlodd Nathan ddicter gwyllt yn saethu drwyddo, gwthiodd y bachgen yn galed a'i daro i'r llawr. Ceisiodd Ben ei lusgo i ffwrdd, ond torrodd yn rhydd a rhedodd amdano. Roedd y bachgen yn llawer mwy na Nathan ond roedd Nathan yn wallgo'. Neidiodd ato a'i bwnio'n galed.

Mewn eiliad teimlodd ei hun yn cael ei lusgo ar ei draed gan athro. Cafodd ei wthio yn erbyn y wal. Cododd y bachgen arall ar ei draed. Roedd gwaed yn llifo o friw ar ei wefus.

Cafodd y ddau eu martsio i swyddfa'r Prifathro. Roedd y Prif yn gandryll ac fe ffoniodd fam Nathan a dweud wrthi nad oedd Nathan i fynd ar gyfyl yr ysgol am wythnos.

"Does dim ots 'da fi beth wnaeth y bachgen, mae arna i gywilydd ohonot ti," meddai ei fam pan glywodd beth oedd wedi digwydd. "Ac os wyt ti'n meddwl taw mynd o gwmpas yn taro pobl yw'r ffordd orau o helpu dy dad, mae'n well i ti ddechrau ailfeddwl."

Roedd hi'n iawn – fyddai ymladd ddim yn helpu Dad. Ond roedd Nathan wedi meddwl am rywbeth fyddai'n gallu ei helpu. Roedd e'n mynd i ddefnyddio'r wythnos bant o'r ysgol i chwilio am yrrwr y fan wen yna.

Pennod 12
Chwilio Am Y Fan

"Beth ti'n neud drwy'r dydd, diogi yn dy wely?" gofynnodd Ben pan alwodd ar ei ffordd adre o'r ysgol i weld Nathan.

"Seiclo o gwmpas dre," atebodd Nathan.

"I beth?"

"Wn i ddim." Yn sydyn teimlai na allai egluro, dim hyd yn oed wrth Ben. *Beth oedd e'n ei wneud? A pham?* Chwilio am fan wen! Hyd yn oed petai'n ei gweld hi – beth fyddai'n ei wneud? Fyddai e'n siarad â'r gyrrwr? Pam dylai'r gyrrwr hyd yn oed gofio'r prynhawn hwnnw? Gwastraff amser oedd hyn.

Ond allai Nathan ddim rhoi'r gorau iddi. Beth petai'r gyrrwr wedi gweld rhywbeth, rhywbeth a fyddai'n help i ryddhau Dad.

"Sut mae'r ysgol?" gofynnodd Nathan.

"'Run fath ag arfer," atebodd Ben. "Well na gartre."

"Pam?"

"Mae Hayley'n sâl. Mae'r doctor yn meddwl bod y cemo'n gweithio ond mae'r beth fach yn chwydu drwy'r amser ac mae'n colli ei gwallt. Fe dyfith eto ond mae hi'n gofidio'n ofnadwy. Mae hynny'n gwneud i Mam ofidio. Dad sy waetha er hynny. Mae e'n isel, isel ei ysbryd – dyw e ddim yn siarad, dyw e ddim yn byta. Roedd e rhywbeth tebyg pan aeth Hayley'n sâl haf diwetha' ond mae'n waeth nawr. Mae pawb yn y tŷ yn ddiflas."

"Gwell cael dy dad yno na pheidio," meddai Nathan. Nodiodd Ben a rhoi ei law yn gyfeillgar ar ei ysgwydd.

Trannoeth, treuliodd Nathan awr ar ôl awr yn mynd o gwmpas y dref yn chwilio am y fan wen. Yna galwodd yn nhŷ ei ffrind ar y ffordd adre. Roedd Mr a Mrs Westcott yn gweithio, felly Ben oedd yn gofalu am Hayley. Roedd y ferch fach yn welw a thenau. Roedd ei gwallt hir wedi diflannu bron i gyd a gwisgai gap pêl fas pinc. Roedd y gair Tywysoges ar flaen y cap. Roedd Ben yn annwyl iawn gyda hi, yn ceisio codi ei chalon drwy wneud dwli. Ymunodd Nathan yn y sbri ac roedd e mor falch pan oedd y pethau dwl roedden nhw'n eu gwneud yn achosi iddi chwerthin.

Fel roedd e'n gadael gwelodd Mr Westcott yn cerdded yn araf ar hyd yr heol. Roedd ei ben yn isel, fel petai ei drafferthion yn ormod iddo.

"Haia, Mr Westcott," galwodd Nathan wrth iddo seiclo heibio.

Taflodd Mr Westcott gipolwg arno ac yna edrych i ffwrdd. Synnodd Nathan a chafodd ei frifo, ond wrth feddwl am y peth, roedd e'n deall. Roedd Mr Westcott yn poeni gymaint am Hayley fel na allai hyd yn oed feddwl am siarad â phobl. Roedd Nathan yn deall y teimlad yna. Dyna sut roedd e'n teimlo pan oedd e a'i fam wedi cuddio oddi wrth y byd.

Drwy'r wythnos bu Nathan yn chwilio am y fan wen. Llamodd ei galon ar fwy nag un achlysur pan gredai iddo ei gweld ond wrth edrych yn nes nid y fan iawn oedd hi. Mae'n rhaid bod miloedd o faniau gwyn ar gael. Fyddai e'n ei hadnabod hi hyd yn oed petai e'n ei gweld hi eto? Wedi'r cwbwl, doedd e ddim yn gallu cofio llawer amdani. Efallai ei bod wedi dod o ran arall o'r wlad a'i bod gannoedd o filltiroedd i ffwrdd erbyn hyn. Na, doedd e ddim yn credu hynny. Yng ngwaelod ei galon roedd e'n siŵr ei bod hi'n rhywle yn y dref ac y byddai'n ei gweld hi rhyw ddiwrnod. A phan fyddai hynny'n digwydd, byddai'n gwybod taw honno oedd yr un.

Daeth Grace yn ôl o dŷ Mam-gu ar y penwythnos, ac ar y dydd Llun aeth y ddau ohonyn nhw 'nôl i'r ysgol. Roedd bywyd bron yn normal unwaith eto – Mam a fe a Grace gyda'i gilydd. Roedd e jyst fel petai Dad i ffwrdd ar un o'i dripiau. Ond doedd e ddim, roedd e yn y carchar, wedi ei gyhuddo o lofruddiaeth.

Galwodd Mr Baxter nos Fawrth a dweud wrthyn nhw nad oedd Dad yn mynd i gael mechnïaeth ond fe allen nhw fynd i'w weld e yn y carchar.

Dwedodd hefyd ei fod wedi bod yn meddwl am yr ail lofruddiaeth yng Nghastellfan y llynedd. Roedd yr heddlu'n dweud bod Dad wedi mynd â'i lwyth i Gaer Dderwen, wedi gyrru i fyny i Gastellfan, llofruddio'r ferch, yna gyrru adre. Roedd Mr Baxter wedi edrych ar y taflenni amser yn y depo ac roedden nhw'n dangos bod Dad wedi cyrraedd yn ôl am naw o'r gloch y noson honno. Roedd hynny'n golygu, hyd yn oed pe bai Dad wedi gyrru'n gyflym ofnadwy, taw dim ond rhyw ugain munud fyddai ganddo i ddod o hyd i'r ferch a'i lladd. Roedd hynny bron yn amhosibl.

"Ond mae'n rhaid i ni gael tystiolaeth gryfach," meddai Mr Baxter. "Y trwbwl yw bod yr heddlu yn credu taw fe laddodd y ferch. Felly dydyn nhw ddim yn mynd i edrych gam ymhellach. Mae angen tipyn o lwc arnon ni – rhywbeth i wneud iddyn nhw newid eu meddwl."

Dau ddiwrnod yn ddiweddarach fe gafon nhw dipyn o lwc.

Gwelodd Nathan y fan yn y dref.

Pennod 13
Y Carcharor

Roedd Nathan ar lawr uchaf y bws ysgol, yn siarad â Ben. Taflodd gipolwg ar hyd stryd gefn a gwelodd fan wen yn dod allan o safle parcio. Wrth i'r fan ddod allan o du ôl i gar, llamodd ei galon – roedd arwydd glas ar ei chefn. Doedd e ddim yn gallu gweld yr arwydd yn glir ond roedd yn gwybod taw hon oedd y fan.

Aeth y bws yn ei flaen heb stopio am hanner milltir arall. Gwyddai Nathan nad oedd e'n gallu gwneud dim. Erbyn iddo fynd yn ôl i'r stryd gefn byddai'r fan wedi hen fynd. Ond o leia' roedd e'n gwybod bod y gyrrwr yn dal yn y dref. Yr unig beth roedd yn rhaid iddo ei wneud nawr oedd cael hyd iddo.

Y noson honno seiclodd yn ôl i'r stryd lle roedd e wedi gweld y fan. Beth roedd y gyrrwr wedi bod yn ei wneud yno? Cludo rhywbeth? Nôl rhywbeth? Neu a oedd e wedi aros i gael tamaid i fwyta yn y caffi draw acw?

Fe gadwai olwg ar y stryd – efallai y byddai'r gyrrwr yn dod yn ei ôl. Peidiodd â chymryd y bws i'r ysgol ac aeth ar ei feic fel y gallai ddilyn y fan petai'n digwydd dod ar ei thraws eto. Pob bore a phob nos byddai'n sefyllian yno ond welodd e ddim byd. Roedd e'n bwriadu cadw golwg ar y stryd ar y penwythnos hefyd, ond digwyddodd rhywbeth arall. Fe gafon nhw lythyr o'r carchar i ddweud y gallen nhw ymweld â Dad ddydd Sadwrn.

Noson wael o gwsg gafodd Nathan cyn mynd i weld Dad ac roedd e'n crynu am ei fod mor nerfus pan gerddodd drwy gatiau'r carchar gyda'i fam. Fe gafon nhw eu harwain i ystafell fawr gyda'r ymwelwyr eraill i gyd. Pum munud yn ddiweddarach daeth y carcharorion i mewn. Roedd Dad yn edrych yn ofnadwy – gwelw a thenau a'i lygaid yn dywyll. Bu'n rhaid i Nathan ymladd i atal y dagrau rhag llifo pan welodd e.

Fe eisteddon nhw gyferbyn ag e a llusgodd yr awr ofnadwy heibio. Gwnaeth Dad a Mam eu gorau glas i gynnal sgwrs. Buon nhw'n gofyn cwestiynau i'w gilydd ond doedd neb yn teimlo fel siarad. Doedd Nathan ddim yn moyn gwneud dim ond rhoi cwtsh i'w Dad a'i gysuro, ond doedd e ddim yn gallu gwneud hynny yn yr ystafell lawn, ddrewllyd yma.

"Dwyt ti ddim wedi dweud llawer," meddai ei dad wrth i'r ymweliad ddod i ben. "Wyt ti'n iawn, mêt?"

Nodiodd Nathan ac yna, cyn iddo allu eu hatal, llifodd y dagrau a rholio i lawr dros ei wyneb.

"O, paid â chrïo, Nath, paid â chrïo," meddai Dad a'i lais yn torri. "Wnes i mo'no fe. Wnes i mo'no fe, beth bynnag maen nhw'n ei ddweud."

"Dwi'n gwybod," meddai Nathan.

Yr eiliad nesaf cafodd ei dad ei arwain i ffwrdd gyda'r carcharorion eraill.

Pennod 14

Y Fan A'r Gyrrwr

Er iddo ddal i edrych, welodd Nathan mo'r fan eto am dros bythefnos. Yna, un noson roedd e'n seiclo adre o ymarfer pêl-droed. Roedd hi bron yn dywyll pan gyrhaeddodd Stryd y Porth, y rhiw hir oedd yn arwain allan o'r dref. Ymhell islaw, ar waelod y rhiw, gwelodd fan wen yn dod allan o droad ar y dde.

Gwibiodd i lawr y rhiw a'i lygaid yn dyfrio yn yr aer oer. Roedd e'n mynd mor gyflym, bu bron iddo ddal i fyny â'r fan. Aeth yn nes ac yn nes ati a nawr gallai weld y logo ar y cefn – D las gyda dwy linell donnog yn torri ar ei thraws. Roedd e mor agos, gallai hyd yn oed weld y llyw a dwylo'r gyrrwr yn cael eu hadlewyrchu yn y drych ochr. Pe bai ychydig bach yn nes gallai weld wyneb y gyrrwr hyd yn oed.

Cyrhaeddodd ben draw'r darn gwastad a chychwyn i fyny'r rhiw nesaf. Dechreuodd y beic arafu. Pedlodd yn galed ond roedd y fan yn mynd ymhellach ac ymhellach oddi wrtho i fyny'r rhiw. Doedd Nathan ddim yn gallu dal i fyny â hi. Pan gyrhaeddodd y top, ychydig funudau'n ddiweddarach, roedd y fan wedi mynd.

Roedd wedi ei cholli eto. Efallai ei bod wedi mynd am byth. Na, roedd e wedi gweld y logo – y D glas a'r ddwy linell donnog. Gallai ddweud wrth Mr Baxter a byddai'r heddlu yn gallu cael hyd iddi.

Cyn gynted ag y cyrhaeddodd adre ffoniodd swyddfa Mr Baxter ond dwedodd ei ysgrifenyddes ei fod wedi mynd i ffwrdd. Fyddai e ddim yn ôl tan drannoeth. Gofynnodd Nathan a oedd ganddo rif ffôn symudol, ond roedd hi'n gwrthod ei roi iddo.

Pedair awr yn ddiweddarach, wrth iddo orwedd yn ei wely'n meddwl, cafodd syniad. Roedd y fan wedi bod yn mynd i gyfeiriad y stad ddiwydiannol. Efallai taw dyna ble roedd depo'r fan. Efallai taw dyna ble roedd y gyrrwr yn mynd? Pe bai Nathan yn mynd i'r un lle nos yfory efallai y gwelai'r fan eto.

A dyna'n union beth ddigwyddodd. Arhosodd Nathan ar yr heol fawr ger y stad ac ychydig cyn 5.30 gwelodd y fan yn gwibio heibio. Cychwynnodd ar ei hôl. Trodd y fan i'r chwith wrth y goleuadau traffig, yna i'r chwith eto ar ben yr heol. Roedd hi'n mynd yn gyflym ond llwyddodd Nathan i'w chadw mewn golwg nes iddo'i gweld yn arafu ac yn troi i faes parcio. Seiclodd Nathan at y troad ac yna stopiodd.

Roedd y fan wedi parcio yn ymyl un o'r adeiladau.

Gwelodd oleuadau'r brêcs yn diffodd.

Munud yn ddiweddarach agorodd drws y fan a daeth y gyrrwr allan.

Tad Ben oedd e, Mr Westcott.

Pennod 15
Syniad Brawychus

Beth oedd wedi ei atal rhag mynd i fyny at Mr Westcott a siarad ag e? Beth oedd wedi gwneud iddo guddio yn y cysgodion wrth i Mr Westcott gerdded allan o'r iard?

Bu Nathan yn meddwl am hynny drwy'r nos a doedd e ddim yn nes at gael ateb. Roedd wedi cael cymaint o sioc pan welodd Mr Westcott yn dod allan o'r fan 'na. Roedd e dan yr argraff taw gyrru lorïau mawr, tryciau nwyddau trwm fel Dad roedd tad Ben yn ei wneud.

Bu'n meddwl am hyn, drosodd a throsodd. Roedd ei holl obeithion yn dibynnu ar gael hyd i'r gyrrwr. Ond roedd e wedi cael hyd i'r gyrrwr a doedd e ddim help o gwbwl. Pe bai Mr Westcott yn gwybod unrhyw beth a fyddai'n profi bod Dad yn ddieuog, byddai wedi mynd at yr heddlu eisoes. Oni fyddai?

Ddylai e ddweud wrth Mr Baxter ei fod wedi cael hyd i'r gyrrwr beth bynnag? Na. I ba bwrpas?

Ddylai e fynd draw i weld Mr Westcott? Na, allai e ddim gwneud hynny. Roedd gan y creadur druan ddigon o broblemau'n barod. Ond efallai bod yr holl ofid oedd arno am Hayley wedi achosi iddo anghofio rhyw fanylyn pwysig am y diwrnod hwnnw. Pe bai Nathan yn gofyn ychydig o gwestiynau iddo efallai y byddai'n rhoi rhyw broc bach i'r cof.

Oedd Mr Westcott yn cofio sut y bu bron iddo daro rhywun oddi ar ei feic? Oedd e'n gwybod taw Nathan oedd e? Na, doedd dim modd iddo wybod hynny. Byddai wedi stopio. Oni fyddai? Oni fyddai?

Hyd yn oed os nad oedd yn gwybod taw Nathan oedd ar y beic, mae'n rhaid ei fod yn gwybod ei fod bron â chael damwain. Dylai fod wedi stopio. A pham roedd e'n mynd mor gyflym? Dyna'r diwrnod roedd Hayley wedi mynd i'r ysbyty am ei chemo cyntaf. Efallai ei fod wedi bod yn rhuthro adre i'w gweld. Dyna'r rheswm.

Yna, fel roedd Nathan yn paratoi i fynd i'r gwely, meddyliodd am rywbeth arall. Efallai taw rhywun arall oedd yn y fan, nid Mr Westcott. Efallai bod yr un logo ar fan arall. Efallai bod gan y cwmni ddwsinau o faniau. Byddai hynny'n egluro popeth.

Ond pan ddeffrodd yn gynnar fore trannoeth gwyddai Nathan bod rhywbeth arall fyddai'n egluro popeth. Rhywbeth doedd e ddim wedi gadael iddo'i hun feddwl amdano. Rhywbeth oedd wedi ei guddio yn ddwfn y tu mewn iddo ers iddo weld Mr Westcott yn dod allan o'r fan neithiwr.

Beth os taw Mr Westcott oedd wedi lladd y ferch yna?

Roedd e'n syniad brawychus. A nawr, roedd Nathan yn gwybod pam doedd e ddim yn moyn siarad â Mr Westcott neithiwr. Roedd ofn arno fe.

Ond allai Mr Westcott ddim bod yn llofrudd. Allai e ddim.

Pam? Byddai hynny'n egluro pam ei fod yn gyrru mor gyflym. Byddai'n egluro pam doedd e ddim wedi aros. Byddai hefyd yn egluro pam doedd e ddim wedi mynd at yr heddlu.

Ac yna cofiodd Nathan am y ddwy ferch arall yna. Roedden nhw wedi eu llofruddio yn ymyl Castellfan. Gwyddai Nathan bod Ben a'i deulu wedi byw yn y gogledd, ond doedd e erioed wedi gofyn ble.

Ac roedd rhywbeth arall – roedd y ddwy ferch yna wedi cael eu llofruddio yr haf diwethaf. Roedd Ben wedi dweud bod ei dad wedi bod yn isel ei ysbryd ar y pryd am fod Hayley wedi mynd yn sâl. Ond efallai nad salwch Hayley oedd wedi achosi'r iselder – efallai ei fod yn isel ei ysbryd am fod arno ofn cael ei ddal.

Doedd bosib bod hyn yn wir! Ond byddai'n hawdd dod i wraidd pethau. Dim ond gofyn ychydig o gwestiynau fyddai angen i Nathan ei wneud.

Ond roedd yn fwy anodd nag a feddyliai.

Trannoeth yn yr ysgol gwnaeth ei orau i ddod o hyd i'r amser cywir i ofyn i Ben, ond teimlai'n lletchwith. Efallai y byddai Ben yn gweld i ble roedd y cwestiynau'n arwain. Efallai y byddai'n brifo ei deimladau neu'n ei ddigio. Yna, meddyliodd Nathan am Dad – yn welw a thenau ar ei ben ei hun yn yr hen garchar 'na. Os taw Mr Westcott oedd wedi lladd y merched ac roedd e'n gadael i Dad gymryd y bai ...

Teimlodd don o ddicter yn llifo drosto a bu'r dicter hwnnw yn ddigon iddo ofyn y cwestiwn, "Oes llawer o yrwyr lle mae dy dad yn gweithio?"

"Na, cwmni bach yw e," meddai Ben, "dim ond fe sy ar hyn o bryd. Ond maen nhw'n bwriadu cael cwpwl o faniau eraill cyn hir."

Felly, Mr Westcott oedd yn y fan y diwrnod y cafodd Lucy Holden ei llofruddio. Nawr am y cwestiwn pwysig.

"Y clwb 'na roeddet ti'n arfer chwarae iddo, Ieuenctid y Nant, ble mae e?"

"Cwm Rhedyn," atebodd Ben, "lle ro'n ni'n byw."

"Dwi 'rioed wedi clywed am y lle," meddai Nathan.

"O, lle bach yw e. Tua 20 milltir tu allan i Gastellfan."

Pennod 16
Y Llofrudd

Y prynhawn hwnnw, ffoniodd Nathan Mr Baxter cyn gynted ag y cyrhaeddodd adre o'r ysgol. Dwedodd bopeth wrtho.

"Dyna ddiddorol," dwedodd Mr Baxter. Ond doedd e ddim yn swnio'n gynhyrfus iawn. "Fe wna i holi ymhellach."

Dododd Nathan y ffôn i lawr. Teimlai'n ansicr iawn yn sydyn. Wedi'r cwbwl, doedd e ddim yn llawer o ddim. Roedd Mr Westcott wedi gyrru heibio Coed y Fron ar y diwrnod y digwyddodd y llofruddiaeth. Felly? Mae'n rhaid bod miloedd ar filoedd o bobl wedi gyrru heibio'r diwrnod hwnnw. Roedd Mr Westcott wedi byw ger Castellfan. Felly? Mae'n rhaid bod miloedd ar filoedd o bobl yn byw yno. Doedd e'n profi dim byd.

Doedd dim newyddion oddi wrth Mr Baxter trannoeth. A dim newyddion y diwrnod canlynol. Dechreuodd Nathan feddwl ei fod wedi gwneud clamp o gamgymeriad.

Yna, y diwrnod wedyn, doedd Ben ddim yn yr ysgol.

Pan gyrhaeddodd Nathan adre, roedd Mr Baxter yn y gegin yn siarad â Mam.

"Maen nhw wedi mynd â'r gyrrwr 'na i gael ei holi," dwedodd Mr Baxter. "Mae pethe ar i fyny."

Aeth Mam i'w gwely'n gynnar ond arhosodd Nathan ar ei draed i wylio uchafbwyntiau'r pêl-droed ar y teledu. Felly, fe oedd yr unig un oedd ar ddi-hun pan ganodd y ffôn am 10.45.

"Nathan?" Mr Baxter oedd yno. "Newyddion da – mae dy dad yn cael ei ryddhau bore fory. Mae DNA y gyrrwr arall 'na yn cyfateb i'r DNA maen nhw wedi'i gael ar y tair gafodd eu lladd. Mae e wedi cyffesu ac maen nhw'n ei gyhuddo o'r tair llofruddiaeth."

Pennod 17
Dim Angenfilod

Dyna wahaniaeth mae diwrnod yn gallu'i wneud.

Pedair awr ar hugain yn ôl roedd Dad yn y carchar. Pedair awr ar hugain yn ôl roedd y byd i gyd yn meddwl ei fod e, Nathan, yn fab i lofrudd.

A nawr roedd Dad gartre ac roedd y lle fel bedlam. Roedd y ffôn yn canu'n ddi-stop a galwadau oddi wrth ffrindiau, ac roedd cymdogion yn dod at y drws, un ar ôl y llall i'w groesawu gartre.

"Ble ro'n nhw i gyd gwpwl o wythnosau 'nôl?" gofynnodd Mam mewn llais sarcastig.

Roedd hyd yn oed cerdyn oddi wrth Anti Jane ar y mat, yn dweud mor hapus oedd hi bod popeth wedi dod i ben yn iawn. Rhwygodd Mam y cerdyn a'i ddodi yn y bin sbwriel.

Doedd dim ots 'da Dad. Roedd e fel plentyn bach, yn chwerthin ac yn methu eistedd yn llonydd. Roedd e'n llawn egni. Dawnsiai o gwmpas yr ystafell gyda Grace ar ei gefn. Roedd e'n cusanu a chwtsio Mam yn ddi-baid tra oedd hi'n chwerthin ac yn dweud wrtho am beidio â bod mor wirion. A chofleidiai Nathan yn dynn.

"Ydych chi'n gwybod beth stopiodd fi rhag mynd yn wallgo pan o'n i'n y carchar?" gofynnodd. "Meddwl am yr holl bysgota ro'n i'n mynd i'w wneud ar ôl dod allan. A'r pêl-droed ro'n i'n mynd i chwarae 'da ti. A mynd ar ein beiciau. A'r DVD *Darren Strait*. A nawr galla i eu gwneud nhw i gyd a dwi ddim yn gwybod ble i ddechre!"

Yn ddiweddarach y prynhawn hwnnw roedden nhw'n cicio pêl yn yr ardd gefn pan stopiodd Dad am funud i yfed o'i gan cwrw.

"Ti'n iawn, Nath?" gofynnodd. "Dwyt ti ddim yn edrych mor hapus â hynny."

Wrth gwrs ei fod e'n hapus. Roedd e wedi cael yr hyn roedd e'n moyn fwyaf yn y byd. Roedd Dad gartre. Ond daliai i feddwl am Ben. A Hayley. A mam Ben.

Dyfalodd Dad beth oedd ar ei feddwl.

"Ben a'i dad sy ar dy feddwl di 'te?"

Nodiodd Nathan. "Mae e fel 'tawn i wedi cario clecs amdano fe neu rywbeth."

"Wnest ti ddim cario clecs amdano fe. Fe wnest ti beth oedd yn rhaid i ti ei wneud. Roedd e wedi lladd pobl – gallai fod wedi gwneud hynny eto. Ac roedd e'n barod i adael i mi gael y bai."

"Dwi'n gwybod," meddai Nathan. "Ond beth am Ben? Does 'da fe mo'r help os yw ei dad e'n anghenfil."

Roedd Nathan wedi blino'n ofnadwy'r noson honno. Roedd e ar fin mynd i gysgu pan ddaeth ei dad i'w ystafell ac eistedd ar droed y gwely.

"Fe gwrddes i â phob math o bobol yn y carchar," meddai ei dad. "Lladron, llofruddion – dynion oedd wedi gwneud pob math o bethe ofnadwy. A ti'n gwybod beth? Doedd yr un ohonyn nhw'n anghenfil. Dynion â phob math o bethe wedi mynd o'i le yn eu bywyd o'n nhw, dynion wedi cymryd y ffordd anghywir – ac weithie ar goll yn llwyr o'n nhw. Ond dim un anghenfil. Pobol o'n nhw i gyd. Ac roedd 'da nhw i gyd bobol oedd yn eu caru nhw."

Bu tawelwch mawr. Ac roedd hi'n deimlad braf cael ei dad yno.

"Dwi'n credu dylen ni fynd draw i weld dy fêt fory," dwedodd ei dad. "Beth wyt ti'n feddwl?"

Nodiodd Nathan.

Pennod 18
Tu Allan I Dŷ Ben

Roedd grŵp bach o bobl yn loetran y tu allan i dŷ Ben. Roedden nhw'n bwïo, gweiddi, chwibanu a rhegi wrth i Nathan a'i dad gerdded ar hyd y llwybr at y tŷ.

Pan gyrhaeddon nhw stepen y drws, teimlai Nathan yn nerfus dros ben. Beth roedd e'n mynd i ddweud wrth Ben a'i deulu?

Edrychodd yn ôl ar y bobl ar y pafin. Roedd eu hwynebau'n llawn dicter a chasineb. Ychydig wythnosau 'nôl, roedd pobl fel yna wedi sefyll tu allan i'w dŷ e, yn gweiddi yn union yr un pethau. Ond roedd Ben wedi dod i'w weld e. Roedd Ben wedi ei gefnogi e. Wel, fe fyddai yntau'n cefnogi Ben.

Trodd a chanodd gloch y drws.